合同歌集

大空を探しに

居場所　飯尾睦子
いつもの空　向後陽子
種の歳時記　平野邦子
羊となりて　永楽美智子
夜なべ　入沢正夫
穴蔵　蘇武治子
どこからが悲しみなのか　秋山彩子
桑の実の道　北村邦子
凪そして凪　西村澄子

北冬舎

大空を探しに＊目次

装丁＝大原信泉

大空を探しに

序

佐伯裕子

十年ほど前、学習院生涯学習センターに初めて短歌講座が開設された。偶然のように集まった受講生の方々とともに、恐る恐るスタートした講座であった。新緑に囲まれた窓から春の陽射しが注ぎ込まれると、教室に座っていた遠い日の自分の姿が浮かんできて、若い日々が戻ってきたようでもあった。初めは近代短歌史の概略を話していたが、話しながら、どこで近代を区切っていいのか、概略そのものに疑問を抱いたり、なんとも覚束ない講師ぶりであったように思う。

短歌を作ったことがない、という受講生が多かった。試しに作ってみると、それぞれ、五七五七七の数え方が違っており、たがいの説明を聞いて驚いたことを記憶している。その人その人の言葉の呼吸の違いを知ったのも、この教室であった。

このたびの『大空を探しに』は、当時からの受講生で、歌誌「未来」のわたしの選歌欄「月と鏡」に投稿している有志九人の合同歌集である。「未来」入会以来の掲載作品をすべて網羅したものを、それぞれに回覧して、互選し合った末の各五十首だ。おたがいの歌を、おたがいに理解する機会になればいいと考えた方法だった。長い時間がかかって、各五十首ずつにまとまったのだが、それは、自身の歌を振り返るとともに、歌友の歌を知る貴重な時間になったと聞いている。

「十年ぐらい経ったら歌集にまとめようと思って作りましょう」と軽く言ったのは、わたしであった。その時、十年などという歳月は、実感のない、途方もない幻のようなものだった。何か遠い目標があるといいと願っただけだった。

その十年が経ってしまった。振り返ると、悲しいくらいに、きらきらとしていた明るい教室のさざめきが甦ってくる。時間は止まらない。だから、さざめく言葉を時間に刻みつけておきたかったのだろう。

連翹の黄の大合唱を聴いている風と日差しとわたくしだけで
日暮れには誰かを揺らしているかしら置き去りにした革の揺り椅子

飯尾睦子「居場所」

篝木の赤くもゆる日子は哀しけんけんぱっぱ日の暮れるまで
乗車口一つ違えて乗る電車いつもの空も柔らかく見ゆ

向後陽子「いつもの空」

種蒔くは心地良き吾の仕事なりボリジの花ならなおさらのこと
秋風に迷い込みたる赤蜻蛉掃除機に吸い掃除機を止めず

平野邦子「種の歳時記」

草なかに大き双葉のかたまるは去年のひまわり朽ちたるところ
病棟の廊下にさしいる秋の日に絶え間なく散る電子音あり

永楽美智子「羊となりて」

土の色手の色似てると妻が言う峡の空にも夏は兆しぬ
母が植え妻も私も玉葱をそれぞれ植える余ったっていい
入沢正夫「夜なべ」

田鶴の親子胸を反らして着地する凍てつく脚がおぼつかないぞ
ひとつ目の階下り来てまたひとつ狭き穴蔵へどぶろく取りに
蘇武治子「穴蔵」

ただそこに産まれただけの戸籍にはまだ見ぬ上海の黒き文字あり
今年も又一丁目の屋根にやってきたミッキーマウスのダンスする夜
秋山彩子「どこからが悲しみなのか」

ラッキョウの天地ととのえ送りくる故里の姉の母に似て来し
雪の上に粉雪の積む山の夜の天狗平に小天狗舞えり
北村邦子「桑の実の道」

横這ひに噴煙しろく渦巻ける火口はいかなる姥を呑みしや
しやぼん玉胴ぶるひして生まれたりふはりと空を探しにゆかむ

西村澄子「風そして風」

こうして読んでみると、作者のうえに流れた歳月の影のようなものが感じられる。そこには、現実とは少し異なる作者がおり、現実よりも真実を帯びて現れている感情がうかがえる。その初めに軽い約束をした十年の歳月が、確かな実を結んで合同歌集となった一冊である。ともに喜び、また九人の作者の努力の結実に、心から祝福を申し上げたい。

二〇一〇年一月吉日

居場所

飯尾睦子

舞うように海峡わたりし蝶のことこだわりて居りひとり日暮れに

パン種の膨らむ気配リビングに確かにあったささやかな幸

語り継ぐもの何一つ持たぬまま今一本の木となりて佇つ

留守電に「ゼロ件です」と告げられて見失いゆくわたしの居場所

おもむろに春の一日を手繰り寄す筍を煮て木の芽を添えて

葉桜の緑みっしり深まりて午後の寡黙を持て余し居り

雨の日はたとえばバッハのピアノ曲聞きながら書く母への手紙

ビルの中に青葉の匂い運び込む回転ドアを怖ず怖ず押して

階下より朝顔の色告げられて駆け下りた夏　戻らない朝

顔を上げよ私の中の少女達　負のイオン抱き目覚める朝は

地下街を出でし眼を射る樟若葉匂い立つ日々確かにあった

「虹」という名の古書店は葬儀社と並びて建てりいつも静もる

いつまでも話の接《つ》ぎ穂見つからずグラスの氷をカランと鳴らす

流氷が国後島を地続きにするとふという諾いて居り

なにがなし宿題残っているような夏の終わりは濃き翳り持つ

水底の視界の中に閉ざされて眼科外来に耳立てている

バスを待つ傘の人皆バスの来る方を向き居り　雨の三叉路

コンコースに台風情報飛び交いて深夜のマンション生き生きとする

たとえば今避難勧告出されたら一本の樹になってしまおう

たぶん今は団欒のとき取り上げた受話器を戻しドビュッシー聴く

張りつめた冬の陽ざしに椿落ちて落魄の赤は発酵はじめる

キッチンの奥まで伸びてくる陽差し空が甘さを増しゆく頃か

母の座に母の在る幸せめてもと手の温もりをわかち合う午後

暗転の伏線だったかもしれない過去形ばかりの会話していた

黒鍵に踊りつづける指先を見ていた旅の白いレストラン

言いそびれた言葉が揺らぐ　この川は常に貧しい流れと思う

名付け得ぬものに圧されて歩むとき川の匂いのはつか濃くなる

ビルの群れを遠い景色にしてしまう新樹の木肌の匂いたつ午後

高層へエレベーターの昇りゆくゆらんと深い水底となり

より高く自己顕示するビルの群れに戸惑いみせる江戸名の町は

吹き溜まる落葉に靴音吸われ居りやさしくはない夕暮れもある

空壜の首細ければ捨てかねて薔薇の一輪香らせておく

鶏頭の一途な色の揺るぎなく誰かのためにだけ生きてきた

革表紙の十年日記のなかほどに胸に射し込む空白のしろ

待つことに慣らされつつもひたに生きよ公園の鳩にこぼれ陽の降る

はつあきの古都の時間に晒されて不在はいつか動かぬものに

連翹の黄の大合唱を聴いている風と日差しとわたくしだけで

花びらの深く降り積み褪せてゆく乗り捨てられた赤い自転車

「デスペア」の嘆きの声か安曇野の山葵田《わさびだ》よぎっていった響きは

日暮れには誰かを揺らしているかしら置き去りにした革の揺り椅子

枇杷の種子つやつや光るまひるまは母在る気配に息つめている

南より吹きくる風を聴いている白き卵の殻を剝きつつ

飲み込んだ言葉は嵩を増してゆく「不幸じゃなければ幸福ですか」＊

若さだけで居場所のあった夏の日を思い返せば海辺の匂い

＊谷村新司「平凡」より

湯気のなかに放てば茗荷の匂い立つ思い出すことばかりの朝です

残像を生みつつ揺れるひめじょおん私鉄沿線の工事現場に

向こうから両手を拡げ駆けてくるただ風を切るつばさになって

手の内の切り札いまも使えずに玻璃透く夕べの空を見ている

奥ふかく蔵われていた夢図鑑取り出せばなお色鮮しき

呼んだのに呼ばれたようで目覚めれば静寂を揺らす雨音細し

言葉には以前から関心を抱いて来た。短詩型の持つ魅力にも何とはなしに気付いていた。仕事の合間を縫って、学習院生涯学習センターの門をたたき、佐伯裕子先生と短歌に出会ったのは、ほんの偶然のようでもあり、見えない力に導かれていたような気もする。振り返ると、ささやかな喜びとともに深い悲しみも含まれてはいるが、総じて平穏な日々をすごしてきた。残る季節の中で、短歌が微かな灯となればいい。

いつもの空

向後陽子

箒木の赤くもゆる日子は哀しけんけんぱっぱ日の暮れるまで

堪えたる思いはあふれ咳きあぐる黄昏どきを猫の見守る

思い出の中に私が語られる忘れていた私と知らないわたし

乗車口一つ違えて乗る電車いつもの空も柔らかく見ゆ

青べかの町にミッキー・マウス来てきらきら青き街を築けり

西新宿の高層ビルを借景にビール飲み干す猫を抱きて

うつむきて過ぎゆく人の頭の重さ量りておりぬ青山通り

かかわりのわからぬ親族座につきてわからぬままに和む夕宴

若き日に戻る術なし函館は君のいた街わが恋うる街

足早に車掌降りきて切符切るりんごの花につつまれし駅

淋しとも哀しともつかず闇のなか流れる駅舎に地上と知りぬ

永劫に走り続ける列車かと怯えたるころ町の灯見ゆる

親しげにげに親しげに寄りくるは詐欺師に候　廻る回覧板

それほどにもろいものではありません玻璃と女と野に咲く菫

舌足らず生意気気まま音痴にて一人が好きで一人が嫌い

薄明かり不老不死など望まねど海へとあふるる湯に沈みいる

七飯町のホームページよ平成十二年人口二万八千三百五十六名

住民二万八千三百五十六名に含まれたるか春逝きし君

黒潮の流れかわりて釧路沖にほのかに温き波たつという

農やめし従兄最後と送りくる米のほろほろ罪のごとくに

美しき文字にはあらね筆圧の強きに君の意思あふれくる

駅ごとにりんご集荷の倉庫あり津軽のりんご今摘まれいん

ただ一度抱きかかえしを繰り返し語る人あり通夜の席にて

あだたらの山の先には鬼面山たしかに見たぞ熊笹の鬼

ゆらゆらと夏の陽うける洋上は「アルカリイオン水のゼリー寄せスープ」

悪妻といわれるほどのアクもなく以下同様で玉葱きざむ

おもてにはあらわれぬ傷ふかく入りにわかに毀れるグラスもありぬ

すでにもう女の声は尖りきて間もなく別れる二人と思う

冬瓜の透く淡みどり煮崩れていつになき夜の饒舌をきく

なお雪の残るを言いてそののちに再びの婚を告げし友あり

職人の父ゆえ嫌うデイサービスの貼り絵の紙の一ミリのずれ

かんな屑のこぎり屑の匂いなく千六百棟の家建ちあがる

大根を選ぶほどにも真剣に見比べたろうか開票すすむ

粗忽さをデフォルメされて語られる長嶋茂雄は愛されており

「いずい」という言葉何度も問い直され問診表に〝変〟と記さる

提灯を手に「かっちゃくぞ、食いつくぞ」七夕の夜の子らの遊びは

固き桃食みつつ思うニュルンベルク広場に鳩の一羽おりしを

もう一度使えたらいいラム革の財布に残すユーロの紙幣

身上を潰した大伯父思い出す磐梯山のごつき山なみ

御柱曳き出す画面繰り返し映しだされぬ渋滞のなか

母病みて放りし畑思いおり白いんげんのスープ飲みつつ

人あまた集える施設に寝起きする母にたまえよ鈍感力を

古き布つぎはぎ重ね綿入れに二輪の花を母は咲かせたり

慈姑とはなんと優しき表記ならん正月八日一山九十円

ササラダニ３００種の図は幼児の描く「おとうさんの顔」にどこか似ている

いい子いい子さびしいいい子かなしい子いい子いい子　本に籠れり

誰そ彼れの薄鼠色に染まる街都の紋章をいまだ知らざり

怯えつつ待ちし電話はことのほか静かに聞きてのちに泣きたり

アルブミン高き人ほど元気というよくわからぬが卵を飲まん

友とわれ　あれあの赤いあれよあれチキンパスタがあれで出てくる

渡辺淳一の『冬の花火』を読んだこと、友の乳癌罹患、そして、その死。詩歌にはまるで興味の持てなかった私が短歌教室に誘われたとき、躊躇なく承諾したのは、この二つの事象があってと、今は思う。短歌教室に通い始め、石川啄木の『一握の砂』、近藤芳美の『早春歌』などに触れ、食わず嫌いの自分の愚かさを十分思い知らされたのが、五十歳の秋。若い日に読んでいたなら、少し違う私がいたような気がする。

種の歳時記

平野邦子

赤きもの　あれは畑の唐辛子炎のごとく際立ちて見ゆ

種蒔くは心地良き吾の仕事なりボリジの花ならなおさらのこと

穂孕みを見回る夫は指先に稲粒ひとつつぶしてみたり

蒔き時を菜種のように繰り返す舅の歳時記われに生きおり

亡き姑が藁で束ねしからし菜よ我は輪ゴムで春の香を巻く

間引かれて捨て置かれても生きてなお小さきながら甘藍となる

パスタにのるバジルの葉ほどに華やぎて健やかなりし二十歳の我は

フェンネルとディルの葉ほどの差を持ちて親しげにくる憂と鬱のかげ

唐辛子の赤極まれば束ね売るささやかなりし生活というは

散り際のサルビアの赤の燃え尽きて言葉にせねばわからぬこころ

返すべき言葉たたみてつぶつぶと豆煮る鍋の音だけに居る

逢えばまた言えぬ想いを思いきり「送信」ボタンに投げ出すこころ

寒葱の畑はわたくしの仕事場なれば薄化粧して畝たててゆく

帰り来ぬ娘を待つ宵は風呂蓋に猫遊ばせて長く湯にいる

コーヒーに流すミルクのゆるゆると流れるように生きたらいいよ

いつまでを綺麗というのドライフラワー捨てられる日は唐突にくる

秋風に迷い込みたる赤蜻蛉掃除機に吸い掃除機を止めず

キリストの使徒なる女かだんご虫の生きる意味など説いて帰りぬ

一人より二人の方が淋しいと蜀黍《とうきび》ぽろぽろ外した指よ

性強き昼顔のように地を這えと舅は説きたり農継ぐ我に

覚め際の夢の重たさ無邪気なる時計の鳩に救い出さるる

「でかけるぞ」をI love youと英訳しのこのこ付いてくフラワーパーク

乳液のビン逆立てて使い切りもやし腐らす女というもの

野にあらば愛しと詠まんイヌフグリ畑に生えれば敵のごと抜く

追伸の一行だけが言いたくて桜散らす雨を書き出しにする

「サンドウィッチのピクルスくらい好きだよ」ってわかりにくいたとえはやめて

松を伐り蜜柑植えてとねだられて洗脳されゆく男の危うさ

どこにでも絡みつく性いんげんは己に巻きつき身動きとれず

殻破りひよこ生まるる勢いに白菜割りて春が動き出す

弥生月　種蒔き病がはじまりぬ種の袋を振って触って

紅の山茶花散れば箒にて掃き寄すこの世の美しき塵

この綺羅はだれにも負けずと人参をなでいる夫の節高き指

己が葉に擦れて傷つく秋茄子に親しきわれか歌会避けて

緋の色に混じりて咲ける白色の彼岸花のごと自己主張せよ

スーパーのレジ打ち終えし瞬間にわがためだけに香る青林檎

コンビニの袋の持ち手捩じられてマニュアル通りも時に滑稽

いつまでも出番のこないブリタニカ百科事典がざわつく夜明け

霜に浮く玉葱の苗踏みつけて強く育ては娘等へのまなざし

角砂糖が恋の小道具だった頃「二つでしょ？」なんて小首かしげて

一粒のチョコを買うのに大根の五本も売らねば　表参道ヒルズ

白菜を牛乳で煮る夕べには白という色に温もりており

新ジャガの獲れぬ五月は消費者のひとりとなりて皮うすく剝く

サラリーを貰う暮しを知らぬ夫のネクタイ短し祝儀の席に

ケイタイも財布も持たぬを「丸腰」と言いて畑の草を刈る夫

無器用な君の告白もぎたての真赤なトマトを両手で受ける

枯枝を燃やしし畑のひとところ葱の緑が際立ちており

手はじめに松葉ボタンの色を誉め商いはじめる置薬屋は

複雑な切れ込み組みて菓子箱となりゆく様を巻き戻しみる

芽出し肥《ごえ》　お礼肥《ごえ》とう名のやさし芍薬の紅咲かせるために

ネモフィラを覚えし夫がネモフィラの丘へ行こうとしきりに誘う

五十代も半ばを過ぎ、子育ても終りに近づいた感があります。八人の家族で暮らした家も一人ずつ減り、とうとう二人だけになりました。それでも、日々の暮らしは忙しく、野菜や花を作る地道な日々の中で、ふと生まれくる歌を書き留めています。自己表現の苦手な私の唯一の生きる証になることを願っています。

羊となりて

永楽美智子

カーテンを閉ざし籠れるわが周りひっそり花芽の育ちゆくらし

子の部屋のフィロデンドロンは茂りゆく巣立ちのあとを埋めゆく葉陰

おごそかに莢にくるまれ籠りいて百倍に実る落花生の秋

薄く張る湯葉を掬いてまた掬いさみしき冬の未来をのぞく

ラファエロと名付けし馬の過ぎゆけり羽をもちたる天使のように

霧のなかに幽かに見ゆる白き埒《らち》勝者も敗者もすでにし去りて

雲海に小さき丸い虹ひとつ落し物した天使の困惑

山寺の石段にわれを越してゆく紋白蝶と若き修行僧

あかときの街に流れるコーランはみどり児の夢のなかに入りゆく

空高く幼とふたりの昼下りコンコンパカンと玉子割りゆく

山間のカインズホームの冬の日に八等分して買う鉄パイプ

石油となりて太古は眠る六ヶ所村の色分けされた貯蓄タンクに

草原の風の吹きくるこの街に共に暮らせり羊となりて

早春の外気も医院に入り来て冷え冷えひかる診察券受く

クレヨンにこの世の青い海描き幼のこころに椰子の実落とす

草なかに大き双葉のかたまるは去年のひまわり朽ちたるところ

ポットマム越えてぽとりと音がする雲より届くバースデーカード

ほっそりと三角錐の壜ふればザルツブルグのひかり散りゆく

さびしさに越えがたき線がひそみおり見知らぬ国の白き路地裏

はつなつのブリティシュエアウェイより降ろされて子犬は日本の埃を嗅げり

芝はらの芽生えにひかり降り注ぎ馬駆る娘のまぶしき肢体

子の未来鏡にうつる春の夜は赤唐辛子会話にまぜる

足ひとつ頭ひとつにマンモスは凍れるままの白き沈黙

はじめてのヨーガに伸ばす背なかにはステゴザウルスの骨がはりつく

仰ぎ見るラムセス二世の肩の辺に三千年の暗き日没

チップには五十ピアストルの古紙幣臭いを財布に残してゆけり

クルーザーに乗りて風切る頬をもて太平洋に線をひきゆく

荒れた日は揺れているなりマリーナのカフェの止まり木にこころを繋ぎ

お互いに通じあわない春の宵だんご虫のようになりてしまいぬ

饒舌も無口も悲し春すぎて庭の青葉は青を深める

病癒え子は子を連れて戻りゆく一樹に二輪の花の開きて

木漏れ日のゆれる机に和紙折りてきっちり包む喜びごとを

かろがろとバンクカードは鳥のごとし豊かに膨らむソファーが届く

鍵穴のような一本の木を揺らし平原にひつじを仕舞いゆく風

多賀湾に広がるうねり光りつつ喜望峰まで行きて還らん

向こうむきに止まれる鷲の黒き背が父に見えくる流氷のうえ

白衣ぬぎ水やりしている夫の背は双葉と同じ呼吸をしてる

病棟の廊下にさしいる秋の日に絶え間なく散る電子音あり

二グラムの分銅のせる指太しコデイン散のかすかなる毒

デニーズの窓に重なる街路樹に埋没してゆく住みなれた街

おおいなる托鉢僧の笠のした三毛猫そろり横切る朝

金色の涅槃の像のごとくあれポーズをとりて静かなる息

かすかなるサザンのツナミ湧いて来る押し込められた満員電車に

背表紙に夕陽さしくる古書店は遠きシエナの街の彩り

五月の朝のガラス戸棚のグラスたち動かぬひかり持ちて立ちいる

にがうりを細かく刻む手元より森の匂いの立ちくる真昼

赤ワインに二羽の小鳩を煮込みいるくつくつ笑まいてたらすヴィンコット

楽しげな母の笑顔よありし日のレシピのままに塩を振り込む

アマゾンの細き流れを居間におきさみしいテトラの乱舞はつづく

おおわれて公園となりし川あれば樟にたずねよ水流の音

平成十五年の学習院「秋期短歌講座」より佐伯裕子先生の御指導のもとに、短歌を詠み続けてきました。それらの歌を読み返すとき、そのときどきのことが鮮明に蘇ってきます。短歌に出会えたことを人生の喜びとして、これからも続けていきたいと思います。仲間と合同歌集ができますこと、大変幸せな思いです。

夜なべ

入沢正夫

土の色手の色似てると妻が言う峡の空にも夏は兆しぬ

雨を読み胡麻の種蒔く妻の背に少し早めの小雨が見える

間伐を済ませた共有林に立ち五軒の五人杉を見上げる

屋久島で冬青《そよご》という木に出合いたり風にかそけき音の聞こえて

来る人に一つ二つと柚子持たせ父の遺産を母は楽しむ

工場も駅舎も越えてホトトギス声響きおりアカシヤの森

価値が退き手入れる人なく桑園は巨大な藪に変身してゆく

稲の葉に小さな蛙が張りついてもっとちっちゃな蜘蛛を食んでる

銀河鉄道の一億光年時刻表はキオスクの棚の上に有りしや

その昔人は海から生れたという潮の香がいい北陸自動車道

古図面青鉛筆の印あり亡父も使いし山林管理に

そうそうと風が鳴ってる檜林両刃の鉈で枝を打ち継ぐ

雪を踏み僅かに綻ぶ白梅の剪定こそが初仕事なり

我が田にはオタマジャクシが万余いて一歩進めば千余が騒ぐ

力込め鋤を起こせば豊作のごつごつしたる里芋現る

応援の妹たちに采《さい》を振り今日の畑は妻が仕切れり

山麓の介護病棟の駐車場大き桜が柔らかに立つ

誰よりも遅れて芽吹く青桐の葉は誰よりも拡がってゆく

標識は目の高さなりカラマツに「↑山頂」とあり蛍光色で

山椒の香が爪に残ってる結婚式の宴の席に

遠雷に草刈る我の袖を引く妻の行為を善意としよう

石を持て追われし人の悲しみを如何に語らんこの村は今

日のうちは畑で働き夜なべして葱を荷づくる既にひと月

キャスターもカメラも霜おく葱畑葱の高さで葱を撮りおり

農家なり米寿の母も戦力となって下仁田葱を荷造る

夜なべ終え満月の庭横切れば獣が交わす声の聞こえる

苗箱に籾播く脇の母の手が籾の疎らを直してくれる

田の済んだ物置はいつも父の影夜なべに縄を綯う音のして

雨を突きカーポート組む青年の腕から湯気が立ち上がっている

山霧のいつまで続く走り梅雨僅かな切れ目に大豆を植える

今剝いだビニールシートの水分を乾いた畑で風に吹かせる

旱魃を思えば使い易いと言い友は新幹線の湧き水を引く

かじかんで榾木《ほたぎ》にあった椎茸の六つばかりを雑煮に使う

山林のあるべき姿磯部湯に論じ合いたり十三人で

小屋の灯は八時に消えて闇深し眠りも深く山の旅人

鹿島槍キレット小屋という山小屋に岩の壁見て一夜を過ごす

竹の子の皮を残すは猪で人は皮さえ藪から持ち去る

梅林に捨てた規格外の柚子艶ある十個を風呂に浮かべる

代搔《しろか》きは素人ばかり日曜日そして翌週田植えは終わる

アカシヤは京都議定書露知らず垂れるばかりに今年も咲けり

積算の温度不足を掛けた土どかしてジャガイモ覗いてみたり

稲の葉を四面体に丸めたる虫の住処を許してやろう

湿潤の水路の底を逆上るイモリが躱《かわ》すクワガタの角

青桐の遅い芽吹きに蓑虫の小さな蓑がもう動いてる

伝票に我が名を記し六十五箱葱の出荷は終盤となる

母が植え妻も私も玉葱をそれぞれ植える余ったっていい

枝豆を収穫する時期逸しても同じ豆なり味噌に漬け込む

大粒に茹だった豆を嚙んでみて味噌の仕込みの頃合い決める

採ってきた蔓梅擬《もどき》は妻の手でリースとなって門柱に映ゆ

夕立が過ぎれば忽ち秋茜碓氷峠を群れて下りぬ

短歌をつくり始めたのは昭和五十八年ころからなので、振り返ればずいぶん永い。もっといい作品をと思い、学習院大学生涯講座の佐伯裕子教室の門を叩いたのは、勤務生活の終わった平成十四年秋期講座からである。佐伯先生の、作品を見る公平観に引かれて、学習院講座、さらには「未来」誌の「月と鏡集」で今日に至っている。収録の作品はそれらの中でのものであるが、活字になることが嬉しいと同時に、またちょっとはずかしい。

穴蔵

蘇武治子

洞穴の冷たい風の入口は悔恨の穴　そこから入る

スカーフをオフホワイトに巻き込んで胸に羽音を響かせて行く

しゃりしゃりと言葉に氷が張り付いて凍てつくままに砕け散りゆく

延ばしたる一週間は我のものふっくりゆっくり時と向きあう

故郷に戻れる日々を信じつつ桃の季節に別れて来たり

日常を胡瓜もナスも流されて帰れぬお盆がまたやってくる

卓袱台はいつもおんなじ場所にあり茶柱が立ち母が喜ぶ

夕づるの鶴にはなれぬ母が居てガラス戸越しに眺める娘

出来るだけ大きく開く口形に続けて放つ祖母のさ・よ・な・ら

大根の含め煮食めば失せてゆくひとかけふたかけ還らぬ時間

五右衛門の風呂場に栗の実を焼いて漫画見ていた茶目っ気兄ちゃん

稲束で溢れるリアカー宙に浮き引き手の兄は空を漕ぎゆく

柔らかく透きゆく硝子一世紀を継ぎて雨戸にそっと添うなり

半開きうつむきがちに海棠はものを想って想わせて咲く

一葉の風呂敷包みは家長の荷ゆらゆら続く坂道を行く

生まれ来て役割あるとするならば世話をやくこと嫌われるまで

その年の稲の育ちを案じいる堀の水辺に朝毎の父

降りしきる雪の中へと誘われてバイクの上に老いてゆく父

この田んぼ越えてしまえば向こうにはきっとあるはずガラスのフィールド

桑の葉をいっせいに食む蚕らは葉音奏でる生きている音

海行きのバスの連なる道に居て海を知らない童女期の夏

山陰の海はあまりに涯なくて越えてみようなど思ったりしない

或るは跳ね或るは草食み顔そむけ栗駒山の雪の馬たち

田鶴の親子胸を反らして着地する凍てつく脚がおぼつかないぞ

死ぬ前に一度でいいから子の名まえ呼びたかったろうにしなかった母

帰り来て心を込めて弾くピアノ扉の向こうで鳴り出している

星の宵笹の飾りを流れゆく笹揺れ葉づれ戻り来る夏

シャトルなら往復もしようが片道に夏を終えるは想定の外

玻璃窓を透す陽光木枠から生糸くるくる巻き上げていて

取り置きし薬は十年片すみにお守りとして静かに在りぬ

行商の塩じゃけの塩の程良くて湯治場の膳はにぎやかになる

覗きこむ顔も映してつやつやの青みがかったコハクチョウの卵

ふっくらふくらふくらみほうだいふくらんでこのひと冬を寝つくしてしまう

選択のカードきること上手ければこの場に居ない関東に居ない

世界中に配信されたオープンカーのケネディとジャクリーヌの空いた口

地下室にこのまま沈んで行きそうだ待合室の一人の椅子に

この夏は「夏を諦めて」口ずさみあきらめぬ夏なおあきらめぬ

客のままでいけないのかと子の問えばそれ以上にはなれない私

白菜の菜花春菊菜の花にましてブロッコリウィの小花うす黄《きぃ》

ひとつ目の階下り来てまたひとつ狭き穴蔵へどぶろく取りに

無いのだよ予約されてるシートなどただひたすらにただ直向きに

伊勢丹の袋みたいなスカートの格子揺れてる寒過ぎる春

崩れしはて砂に埋もれた屋根の上星は等しくやさしく照らす

駅前は何も無きまま拡がりて狭きロータリーに山がきている

我の名を幾度も呼びて枕元に座りて起こす母は夢なり

唯ひとつの曇りも無い日そんな日が来る時あるいは死んでもいいか

待つという二文字を口にしたがため狂いっぱなしのおせんちゃんのこと

このドアを締めてしまえばおそらくは会うことは無い微笑む母に

時間差は七時間ほど移動する心にも要る時差というもの

雨あがりのホームに立ちて白線も黄の線も無き埒外にいる

佐伯裕子先生の、春と秋の学習院のカルチャー教室に通い始めて、十年が経ちました。それを記念して、何人かの仲間と合同歌集を出すことになり、私の場合、恥ずかしい、というよりは、恥を知らない、と言ったほうが合っているでしょう。「未来」への提出歌、二〇〇三年十月号から二〇〇八年九月号までの分を集めました。私の拙い歌に目を通して下さった方にお礼を申し上げます。

どこからが悲しみなのか

秋山彩子

ただそこに産まれただけの戸籍にはまだ見ぬ上海の黒き文字あり

十歳の姉の記憶の引き揚げ船灯火のように我を唄いし

父の膝で眺めた小さき星の銀貨キプロスの海空のことなど

カサブランカは父の夢マトリカリアは母の涙風に絡まる白き花々

耳元で「お母さん」と呼べば目を閉じて悲しく深く「おかぁーさぁーん」と呼べり

両の手で包みし冷たき母の頬　手の平の記憶語ることなし

皆逝きし母の教え子ただ一人手を引かれ来て「先生」と呼ぶ

「帰りましょう」黒き参列の前に立ちまだ温かな骨壺を抱きて

鼻梁の線黙して語らぬ夢たかし明治大正昭和の女性史

真新しき二世帯住宅の電飾光ミッキーマウスがダンスする夜

木の床に放つ藍のタペストリー飛ぶことのなき自由の鳥は

彼いわく「良くあるボタンの掛違い」それが永遠になることもある

記念日のハイドパークは人に満ちアングロサクソン言語の瀑布

ＨＡＮＡと呼ばれるガイド黙示すシナゴーグ靴音は響く百塔の街に

黒き髪に視線集める市場にてスラブ民族の亜麻色の髪

新しきパジャマの胸に小菊揺れ「ハハよ笹平はもう雪ですか」

ペダル踏むポニーテールの大きくゆれ夕陽に向かう湘南道路

そこだけに日の溜りおり揺れながら制服の少女の呼び合うホーム

二束のマトリカリアの花を手に東海道線の片隅に座る

おそろいのピンクのセーターを編み上げた誇らしき時間を箱にしまいぬ

五線譜の表情記号にも初夏が来たコン・ブリオ、カンタービレ、ブリランテ

海音《うみおと》の半音階ほど華やぎて私の中に「ＳＥＡＳＯＮ」は始まる

娘《こ》の部屋に並ぶ小さなヴァイオリン　細き銀河が零れているよ

木目の浮く床に座りて捲りおり娘の書棚の「絵のない絵本」

青くあおくＯＵＲＡ放てよ宇宙まで太平洋は球形に添いて

香辛料を求めて列強の戦った真青き島の海味カレー

大鍋に夏の盛りのあれこれと呪文をひとつスイート・マジョラム

「合格」の印の押された薬秤り明るい出窓でイーストを計ろう

いつもより客観的な分析をアルトで語る術後の友は

主《あるじ》なき冷え冷えとした玄関に鈍き色した茶の靴ならぶ

クレゾールの微かな匂い　診察室に父の白衣が掛けられており

一回の入浴時間は十五分、ベルツ博士の正しい入浴法

海に因む名を持つ三人の子を残し逝きにし君を想う夕焼け

咲き終えし球根やさしく掘り起こし洗ってあげよう生きてゆくため

リ、リリンと風を鳴らして過ぎて行く悲しみ見せぬ娘の悲しみ

早蕨の水の流れよどこからが悲しみなのか問うてみたきよ

今朝からは装飾音符やわらかに震えておりぬ階下のフルート

サバンナの雨期が終わればいっせいに青い絵の具がはみ出してゆく

緩めても締めても解けぬパズルの輪、雨音のなか朝刊が届く

記憶の輪ひとつ零して柔らかな白き手の平にふわふわとして

人色《ひといろ》と名付けし布は昔《いにしえ》の王朝女御の優しき肌色

「茜色《あかねいろ》」「緋色《ひいろ》」「紅《くれない》」「韓紅《からくれない》」染色図鑑は赤よりはじまる

薔薇水を作るためだけのバラの花、薔薇園のバラ切り取られゆく

香ばしき豚の丸焼きの背の部分ゆったり囲む八つの木椅子

今年も又一丁目の屋根にやってきたミッキーマウスのダンスする夜

母猫の子猫を呼ぶ声くぐもりぬ平均寿命伸びゆく街に

ほの灯りに自販機の夢は息づきてゴトンと落す空色牛乳

プルトップ一気に引けば赤赤と希望のような完熟トマト

「夜来香《イエライシャン》」と姉がやさしく呟けり　満洲の春を手繰り寄せつつ

遺された着信メールにふうわりと「酔芙蓉」咲く君のアドレス

十歳上の姉が、ワシントン駐在となった夫とともに、はじめて海外生活を始めたとき、「短歌のおかげで、仲間に恵まれた海外生活を送っている」という便りをよこし、私に短歌をすすめてくれた。そんなある日、家の郵便ポストに情報案内紙が入っていて、「学習院生涯学習センター開校――初めての短歌」という記事を見つけた。佐伯裕子先生の教室だった。短歌への私の初めの一歩だった。

桑の実の道

北村邦子

ラッキョウの天地ととのえ送りくる故里の姉の母に似て来し

ビワ食めば母のにおいの広がりて水色の服のいま座るごと

ふる里の光と風をつつみこみ早蕨の束いま届きおり

母在りし日のごと義姉は送り来る夕陽あかあかと庭の照柿

黄梅は迎春花なりと祖母の言う石組みの上は春の日だまり

静寂はかくあるのかも障子には松風ばかり侘助の白

ヒマラヤの青芥子の花咲き出でてデジタルカメラの今朝はかろきも

ヒマラヤの澄みし青空映すという薄き花びら風になびけよ

あお紫蘇の穂を引く指の感触に故郷の夏の青き香が立つ

迎え火の麻幹《オガラ》の炎ゆらぎおり門口に焚くふるさとの盆

長いながい廊下を友と消えてゆく七つの我の赤いスカート

覚めてなお腕《かいな》するどく摑まるる感触ざらりとこころを占めぬ

新しきひとつ命を告げるらし産院の窓の煌々として

太き首抱けば血の音だくだくと響きて応う犬は鼻寄せ

豪雪のニュース朝夕聞きおれば雪の重みを我も受け止む

雪の上に粉雪の積む山の夜の天狗平に小天狗舞えり

雪かむる尾根をまたぎてコーヒーの湯気立ちのぼる安達太良《あだたら》の秋

どう、どうと寄せてくる波　波を切り水平線まで日本海抱く

かさなりてなお重なれる山脈の渓の静寂を青あおと聴く

土ボタル母に見せんとひた駆ける豪州の地に根を張りし娘は

嫁ぎてもそのままなりし娘の部屋に日あし短しアルバムを閉ず

背のびしてイチゴをさぐるテーブルの小さき指の行ったり来たり

春の陽に影を散らして門を出ず若竹のごとき一八〇センチ

太陽の匂いそのまま取り込みし布団ほっこり子等よ休まれ

戦地より子等の似顔絵とどきたる二歳の我の小さきリボン

届きたる軍事ハガキのセピア色似顔絵の子等も「検閲済」も

戦死の報せ届きし午後のあかあかと障子の西日は今も残れり

戦地より送られて来し黒縁の丸メガネひとつ白木の箱に

風待ちの港と言うらし気仙沼風待つ空に大漁旗を泳がす

真正面に照葉いっせい燃え立ちて鬼面山は赤鬼となる

ガレ石の小さきひとつを蹴とばして茶臼の頂上に雨宿りする

夕ぐれの岩手の山に真向かいぬ鶴飼橋の雪どけの風

秋晴れや艱難の兄の受賞の日母の写真は鞄の底に

西洋の祭は知らずカボチャ煮て帰り待ちおり夕べ静かに

ぬくもりの窪みを布団に残しつつ子を送り出す大寒の朝

利根川の河岸の広さ日輪は楕円にゆれて水面に流る

縁側に豆乾す背中は小さくて冷たきその手を我が手に包む

不条理をいくつも並べてマーブルのチョコレートだけが好きという

どっかりとテレビの前に伸びる脚世代交替知らされており

成し遂げて梅の香の満つ真夜中に梅酒梅漬け瓶立ち並ぶ

まっしろな真珠のごとき歯を見せて泣きやまぬ児の歯に見とれおり

円卓にグラスをついと滑らせて琥珀の泡に君をねらいし

糊のきいたYシャツに手を通しつつそろそろ家を出るか如月

ひいらりと風におされて初蝶のすいこまれゆく美容院のドア

ひとなれば古希のころなりゆったりと寝ころぶ犬も居間になじみて

長考の後にピシリと高き音夜更けて夫のひとり碁つづく

「この頃とっても忘れっぽい」と最後の日の母はポケット探りぬ

追憶のなかに穴ありくらぐらと祖母の柩に土をかけおり

ふる里の雛の館に求め来し族の血よりも赤い千代紙

桑の実に染まりし道は故郷の風につながる家につながる

私が初めて買った歌集は、石川啄木の『一握の砂・悲しき玩具』でした。思春期に出会った一冊は、心に響き、私を支え続けてくれました。平成十三年、「学習院生涯学習センター」の短歌講座で佐伯裕子先生に出会い、その後、「未来」に入会しました。稚い短歌ですが、若くして戦死した父、残された祖母、母、姉、兄など、そして私の新しい家族のことなどを詠って来ました。

風そして風

西村澄子

伐られたる桜の幹が青臭く小火のやうなる花ふたつ噴く

歩み返し仰げば花ぞ狂ひ咲くこれよりわれの齢が見えず

タンポポの絮ほわほわと宙をゆくわが齢にも春はあかるし

悪びれず零るる花を踏まむとす吾もひたすら生きて生き来し

いびつなる今宵の月を用意して深山の空は星をあそばす

水草のみどり萌えたち浮遊する忍野の池に聴く水のこゑ

西空のうすももいろに酔ふごとき雪積む富士が湖中に映る

富士が嶺にとどけと竪琴かき鳴らす奏者に凍つる風そして風

冬の陽を煮つめしごとき椿咲く乙女峠にもの音もなし

滾《たぎ》つものとろけゆくかもモネの画の睡蓮ゆらゆら水の息を吐く

青むらさきの陽と風にほふモネの庭イーゼルたてて漢《おとこ》動かず

蒟蒻《こんにゃく》の芽生えをなぶる鄙の風まぶしく不思議なゆらぎを伝ふ

午前四時　父御の危篤を告げに来し嫁がうろたふわれを宥むる

熱きものまなこに兆し夜半覚めて文字になしえぬ言葉が積る

蘭のはな翼つらねて咲き垂るる飛ばず騒がず灯に応へつつ

屈託のなほもまとふか夕べ脱ぐ喪服にこもる帯電のおと

仏なる夫を慕ひて嘆きやまず姉はこんなに小さくなりぬ

鑁阿寺《ばんなじ》に風花ふはり舞ひ出でて過ぎにし兄が太鼓橋渡る

膝を抱き胎児のすがたさながらにサウナの霧の乳いろを吸ふ

円をかき円を消しつつゆつたりと温水プールに浮き沈みする

就活とふ大事至れば濃紺のリクルートスーツ今日も出でゆく

歩けども歩けどもなほ先をゆく足長孫がいま振りかへる

下降気流に押し戻さるるアネハ鶴ヒマラヤ越えに挑む幾たび

とみかうみ根張り枝ぶりたしかめて買ふ盆梅の蕾落とすな

金色のしづく垂れつつこゑ持たず東京タワーあたりを払ふ

大甕にラムネを冷やし下野の訛りにさそふ陶器市なり

陶工が手びねりの皿干すむしろ長者眉なる猫そろりゆく

しろたへの十薬の咲く路地裏に陶人のこゑ満つる大壺

老鶯の声のぼりくる廊を踏みこゑを踏みゆく井伊家霊屋

遠江《とほたふみ》の龍潭寺の庭石を配し見えざるものを見よと鎮まる

法堂《はったう》の『喝』の一字の扁額が怠け心を鷲づかみする

たとふれば瓢簞鯰《へうたんなまづ》が踊るともわがむらぎもの鞘鳴り出でず

どろんどろん太鼓鳴らして大津絵の鬼もさそふか盆の夜祭り

真夏日の山葵田《わさびだ》おほふ遮光幕おやすみなさいと陽は縞しまに

栂池《つがいけ》の木道つたふさんざめき花のまんだら白きわたすげ

うぶうぶとうねり光れる雲海に吉の予兆の富士あらはるる

替へ首の首傾くる道祖神　地よりも低きこゑ太らしむ

横這ひに噴煙しろく渦巻ける火口はいかなる姥を呑みしや

口ほそく尖らせて立つブロンズの乙女のこぼす予言聴くべし

湖越えて揚がる花火の火あかりに昭和新山たてがみを立つ

腕木式のしやりんと下がる通過待ち霧おしひらき二輌車きたる

ひたひたと湧き立つ霧に放牧の牛の表情みな盗まるる

食べ放題を終へたるのちの皿小鉢火の匂ひする会話をとどむ

キゥイフルーツ切れば地球の薄みどり青人草の泣き黒子など

倒立の静止うましき鉄棒に身は反りながら着地凛たり

テロの銃眼この劇場にあるやなしラインダンスの吶喊《とつかん》のこゑ

レーガン氏の柩をつつむ星条旗いま開きたるコンパクトに入る

しやぼん玉胴ぶるひして生まれたりふはりと空を探しにゆかむ

梅雨空を西に押しやり種子飛ばす定家かづらは恋遂げしかな

一室に独りひとつの身を置きて研ぎ澄ましゐる好奇のこころ

急速に動きゆくこの時代を心にとどめる現代短歌を学びたいと縋る思いだった。口語、オノマトペ、カタカナ語の入る歌の難しさに、しばしば立ち止まる思いだったが、若い方々の柔軟な詠みぶりに教えられ、続けてきた。上田三四二の一文に、「歌は清らかなのがいい、出来上がった歌は背後に透明な空間が感じられるのがいい」とある。大変難しいことだが、佐伯裕子先生の教えとともに、年齢に添った時代の哀歓を詠い留めてゆきたい。

合同歌集『大空を探しに』を上梓するにあたり、ひとりひとりの個性を尊重して、いつも温かい眼差しを注いでくださり、細やかにご指導をたまわります佐伯裕子先生に、一同、心より御礼申し上げます。また、装丁の大原信泉様、北冬舎の柳下和久様、大変お世話になりました。有り難うございました。

二〇一〇年一月吉日

合同歌集参加者一同

連絡先＝向後陽子
住所＝〒167-0032東京都杉並区天沼3-30-22

大空《おおぞら》を探《さが》しに

2010年5月10日　初版印刷
2010年5月20日　初版発行

著者
西村澄子ほか

発行人
柳下和久

発行所
北冬舎
〒101-0062東京都千代田区神田駿河台1-5-6-408
電話・FAX　03-3292-0350
振替口座　00130-7-74750
http://hokutousya.com

印刷・製本　株式会社シナノ

ISBN978-4-903792-26-2 C0092